Verlag Karl Stutz
Passau

FRANZ STANISLAUS MRKVICKA

MASKEN Kubin-Haus

mit beiträgen von Bodo Hell und Thomas Mark

das katalogbuch erscheint anläßlich einer ausstellung 2010
im Alfred Kubin-Haus Zwickledt, Wernstein Oberösterreich

Thomas Mark

Masken – unser wahres Gesicht?

Der Begriff Maske kommt aus dem Arabischen. „Maskharat" bedeutet Posse, Scherz aber auch Narr und benennt eine Gesichtsbedeckung. In der Antike war die Maske religiöser Kultgegenstand und Theaterrequisite. Im Altgriechischen gibt es das Wort „prosopoein" für „eine Maske aufsetzen". Die Maske verlieh den Göttern menschliche Züge. Masken verbergen das (wahre) Gesicht. Sie vermögen die Träger scheinbar in die dargestellte Figur zu verwandeln.

Viele Menschen verspüren Lust an der Verwandlung. Die Maske ist ein Requisit von Urzeiten her und allen Völkern geläufig. Masken ermöglichen den Menschen, neue soziale Rollen einzuüben. Die Maske kann verführen, verzaubern, verwandeln, aber auch erschrecken oder schockieren. Welches Gesicht ist nun unser wahres?

Die historische Betrachtung der Maske aus Sicht unseres Kulturraumes nimmt im Mittelalter ihren Anfang.

Neben der Maske zu Schutzzwecken bei höfischen Ritterspielen oder in der kriegerischen Auseinandersetzung wurde im Mittelalter die Maske auch zu Spott- und Schandzwecken verwendet. So wie noch heute im asiatischen Kulturkreis „Gesichtsverlust" die schlimmste Demütigung ist, so war auch die Schandmaske mit diesem verbunden.

In der Architektur wurde die Maske sowohl in der Gotik, in der Renaissance und im Barock als Bauschmuck wie Wasserspeier, Türklopfer oder als Schlussstein eines Gewölbebogens verwendet. Ab dem 17. Jahrhundert gibt sie in Form einer Personifikation, also als rhetorische Figur, Tier, Pflanze, Gegenstand, verstorbenen Personen oder abstrakten Wesen eine Stimme und verleiht ihnen menschliche Züge.

Die Maske diente der Imitation und Simulation. Auch zu Repräsentationszwecken wurde sie verwendet. So veranstaltete August der Starke 1709 einen Götteraufzug anlässlich des Besuches des dänischen Königs Friedrich IV. in Dresden und trug dabei eine Sonnenmaske.

Im 19. Jahrhundert wurde die Maske von den Künstlern neu zum Leben erweckt. Sie spürten die magischen Kräfte dieses Gegenstandes. Das abgeschlagene Haupt Johannes des Täufers und das Gorgonenhaupt der Medusa waren häufig Gegenstand in der sakralen wie der profanen Malerei. So malt Arnold Böcklin 1887 sein berühmtes Bild „Schild mit Medusenhaupt" und 1893 Paul Gauguin seine bekannte „Tekura" Maske. Durch Expeditionen, Kolonialisierung und Reisen in die Südsee und nach Afrika lernten die Europäer die exotischen Masken kennen. James Ensor, der flämische Künstler aus Oostende malt expressive Fratzen und Maskenbilder. Als Reaktion auf die Feindseligkeit seiner Umgebung zeigt er schonungslos auf das Bürgertum, indem er jedem „seine" Maske tragen läßt. Er karikiert so die bürgerliche Gesellschaft. Die Maske des Biedermannes war dokumentiert. Die visionären und symbolhaften Werke von James Ensor haben neben den Arbeiten eines Francisco Goya und Odilon Redon die phantastischen Traumvisionen Alfred Kubins mit geprägt.

Zu Beginn der Moderne stürmen die Künstler die ethnographischen und ethnologischen Museen. Sie sind von der Maske fasziniert und inspiriert, ihr nahezu verfallen.

Die von den Künstlern der Moderne geschätzten afrikanischen

Maskenschnitzer schufen ihre Werke jenseits unseres Kunstbegriffes. Sie fertigten Masken und Figuren nur für einen bestimmten, meist religiös-rituellen Zweck an. Um den erforderlichen Ausdruck für Kraft, Abwehr böser Geister und Beschwörungen für die Masken zu finden, greifen sie auf archaische, sich nur langsam ändernde Darstellungsformen zurück. Diese Masken und Skulpturen, von den europäischen Künstlern zu Kunstwerken erklärt, die sie natürlich in überragender Weise waren, beeinflussten die Entwicklung der Kunststile Anfang des 20.Jahrhunderts maßgeblich. Emil Nolde beteiligt sich mit seiner Frau Ada an einer Expedition des Reichskolonialamtes in die Südsee. Max Pechstein denkt sogar über ein Leben auf den Palau Inseln nach. Paul Klee und August Macke entdecken Nordafrika für sich. Die deutschen Expressionisten und die Kubisten, allen voran Pablo Picasso, lassen sich durch Masken bei ihrer Arbeit anregen, was sich über Max Ernst bis hin zu Wilfredo Lam im Surrealismus fortsetzt.

Die Maske, Inkarnation von Ahnen und Geistern, verursacht ein Gefühl beunruhigende Fremdartigkeit und wird zum Gründungselement moderner Skulptur (Auguste Rodin). Die so genannten primitiven Kulturen geben den Anstoß, die Maske wird zum Auslöser für das, was wir Abstraktion nennen, zur formalen Inspiration, zum Spiel von Zeigen und Verbergen. Eine überragende Stellung nimmt die Totenmaske im Werk Arnulf Rainers ein. (Auf den außerordentlichen Text zum gleichnamigen Katalog – 1985 – des Kunsthistorikers Werner Haftmann sei verwiesen.) Die Maske, auch die Totenmaske, wird Vorlage für geheimisvolle, oft ungeheuerliche Porträts.

Mit Masken besiegen die Menschen aber auch die Scham über ihr Aussehen. Die Maske bekommt den Zweck, die Hässlichkeit des Trägers ins Maßlose zu übertreiben. Francis Bacon und Charlie Chaplin sind Künstler, die aus dem Schamgefühl den Hauptantrieb ihres Lebens fanden, es in ihrer Kunst analysierten und in Leben und Werk Möglichkeiten suchten, es zu besiegen.

Neben Arnulf Rainer und den Wiener Aktionisten, hier besonders Rudolf Schwarzkogler, waren es die Inszenierungen des weiblichen Körpers von Birgit Jürgenssen im Lichte der Maskerade, Verkleidung, von Fetisch und Tiermetamorphose, die diese Thematik aufgriffen. Ungefähr zur gleichen Zeit griff Franz Stanislaus Mrkvicka das Maskenthema auf.

Das Werk von Vito Acconci und Cindy Sherman ist auch im Zusammenhang mit Masken zu sehen. Acconci im Bereich moderner Skulptur und Performance, Sherman in der fotografischen Dokumentation ihrer Rollenspiele. Die amerikanische Künstlerin inszeniert sich selbst in zahlreichen Rollen. Ohne Verkleidung, erzählt sie, fühle sie sich nackt. So fotografiert sich Sherman in wilden Posen und Kostümierungen, über 30 Jahre hinweg, immer wieder selbst, spielt Rollen, formt Klischees. Es fällt ihr schwer, sich in der Öffentlichkeit zu zeigen. Sie lässt offen, welche Person wirklich hinter diesen tausend Masken steckt. Diese wird zur Hüterin ihrer Distanz, möglicherweise ihrer Realität.

Ein ähnliches Verstecken und Verbergen, ein Spiel in verschiedenen Rollen mag man auch an der Person von Franz Stanislaus Mrkvicka sehen. Als Künstler, Koch und Ingenieur tauscht er beständig Haupt- und Nebenrolle und verwendet dafür die eine oder andere Maske. Wer bin ich wirklich oder wer oder wie kann ich sein?

1970 beginnt seine Ausstellungstätigkeit in Wien. Seine erste Ausstellung von Masken zeigt er 1981 in Passau und kurz danach in der Galerie V&V in Wien. Bis Mitte der 90er Jahre entstehen wundervolle Pinsel-/Kohlezeichnungen und Pastelle. Schon in dieser Schaffensperiode zeigt sich eine große Vielfalt in der Maskendarstellung.

Gitter- und panzerartig, schön und hässlich, mit männlichen und weiblichen Attributen, als Mensch oder Tier, eindeutig-mehrdeutig, körperlos und körperhaft, sind diese Masken. Mit der Ausstellung im Museum Moderner Kunst, Passau 1998, beginnt ein intensives Zwiegespräch mit der afrikanischen Maske, die durch die Freundschaft zu dem Schweizer Maskensammler und Antiquar Hans (Jacques) Keller zu vielen gemeinsam konzipierten Ausstellungen, auch in der Schweiz und Frankreich führt. Seine Auseinandersetzung mit der Vielfalt von Masken aus aller Welt, besonders der des Pazifischen Raums hat Einfluss auf das Entstehen von Masken aus Fundstücken, Holz, Leder, Jute, Stoff und Filz. Larven, oft mehrere übereinander, drücken Lebhaftigkeit, Abgehobenheit, Fröhlichkeit, aber auch Trauer, Schmerz und Verwundung aus. Wie Abgüsse uns fremd anmutender Porträts schweben sie skulpturenhaft im Ausstellungsraum.

Zur Vorbereitung für eine Ausstellung 2000 in der artmark galerie, Spital am Pyhrn entwirft er Vorlagen für ein Maskenbuch mit Kohlestift und Tuschefeder. Auf Transparentpapier zeichnet er in der Schärfe des Schwarz-Weiß unterschiedlichste Varianten. In diesem (mit einem zusätzlichen Original ausgestatteten) Künstlerbuch finden sich unzählige Charaktere von Masken. Bei seiner Ausstellung in der Galerie Ken Segal in Winnipeg, Kanada, verwandeln sich die Maskenbilder (Aquarelle) von der Gegenständlichkeit hin zur völligen Abstraktion.

Für die Ausstellung im Kubin-Haus überwiegen Kohle-/Pastellzeichnungen, teils mit Aquarellen untermalt. Manche Blätter zeichnet er ganz reduziert, nur auf Umrisse und Details achtend, in anderen verdichtet er seine Zeichnung, überzieht sie wie mit Vorhängen, mit Schraffuren, stülpt Gitter darüber, die Masken werden mehrschichtig. Hintergründige bis markante Mensch- und Tiergesichte stehen den Zeichnungen oft Pate. Selten erscheinen sie stabil, meistens schwebend, ja tanzend. Einige zeigen sogar psychedelische Anklänge. So mancher Titel verweist auf Musik- und Rockgrößen wie Jimi Hendrix.

Das kunstvolle Spiel mit den Farben erlaubt dem Maler Franz Stanislaus Mrkvicka über die Form hinauszugehen. Er kann übertreiben und wird nicht satt an seinen Schöpfungen.

zeichnungen für das Kubin-Haus 2008 und 2009

maske
kohle / pastell
wvz 224 / 2008
63 x 48,5 cm

maske
kohle
wvz 123 / 2008
61 x 43 cm

maske
kohle
wvz 127 / 2008
61 x 43 cm

maske
kohle / pastell
wvz 131 / 2008
61 x 43 cm

maske
kohle / pastell
wvz 212 / 2008
61 x 43 cm

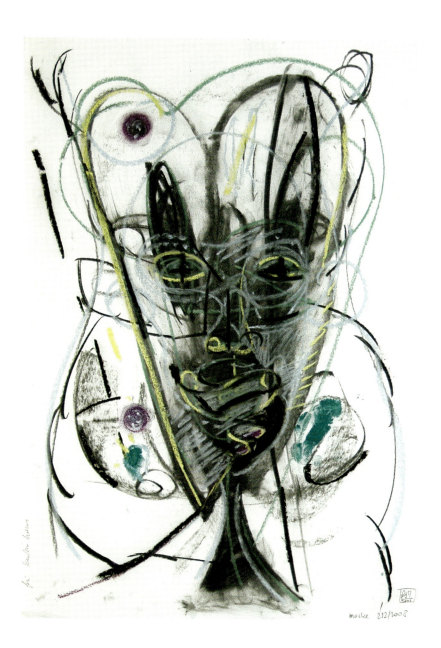

maske
kohle / pastell
wvz 218 / 2008
61 x 43 cm

maske
kohle / pastell
wvz 211 / 2008
61 x 43 cm

maske
kohle / pastell
wvz 101 / 2008
61 x 43 cm

maske
kohle
wvz 97 / 2008
61 x 43 cm

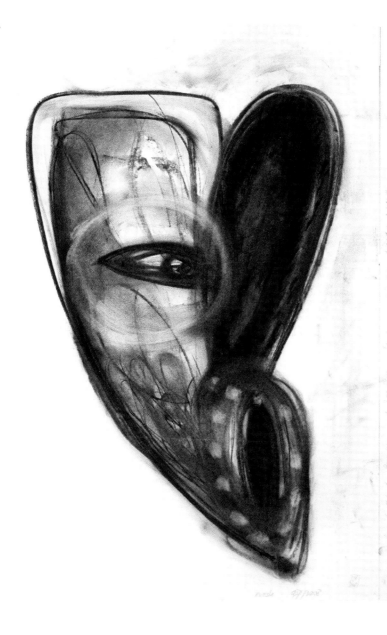

maske
kohle / pastell
wvz 110 / 2008
61 x 43 cm

maske
kohle / pastell
wvz 120 / 2008
61 x 43 cm

maske
kohle / pastell
wvz 121 / 2008
61 x 43

maske
kohle
wvz 102 / 2008
61 x 43 cm

maske
kohle / pastell
wvz 95 / 2008
61 x 43 cm

maske
kohle
wvz 94 / 2008
61 x 43 cm

maske
kohle / pastell
wvz 122 / 2008
61 x 43 cm

maske
kohle / pastell / aquarell
wvz 156 / 2008
61 x 43 cm

maske
kohle / pastell / aquarell
wvz 157 / 2008
61 x 43 cm

maske
kohle / pastell / aquarell
wvz 158 / 2008
61 x 43 cm

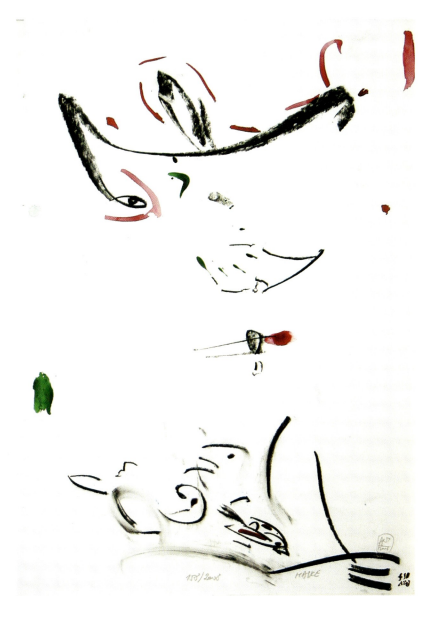

maske
kohle / aquarell
wvz 161 / 2008
61 x 43 cm

maske
kohle
wvz 125 / 2008
61 x 43 cm

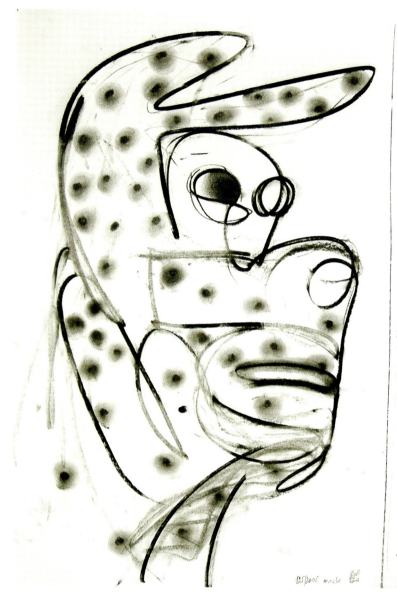

maske
kohle
wvz 223 / 2008
61 x 43 cm

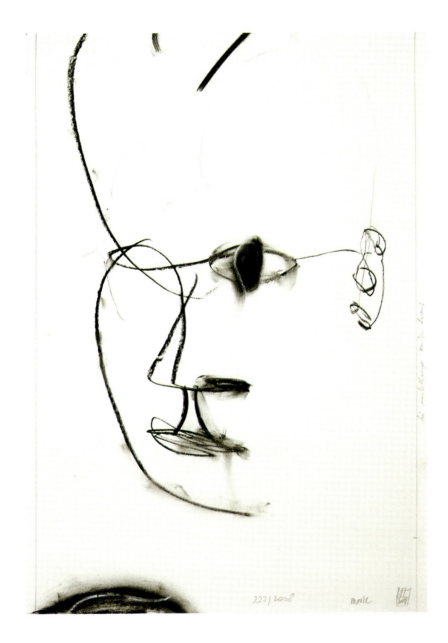

maske
kohle / pastell
wvz 96 / 2008
61 x 43 cm

Bodo Hell
(geliebte) Totenmaske

nach sechs intensiven Wochen prämortaler Zwischenzeit mit unermüdlicher Betreuung (von wechselnden Physiotherapeuten immer wieder gedreht und gewendet, mit Lemon-Glycerine-Swabs lippenbefeuchtet, Rivoctil-infundiert) in der neuropsychiatrischen Gerontologie der (nachmaligen Christian-Doppler-) NervenKlinik (Salzburg-Lehen) wird der schwer schlaganfallgeschädigte 85-jährige Ehemann und Vater aus diesem Mehrbettensaal, in dem man die Angehörigen der Einliegenden immer wieder bei ihrer meist vergeblichen lautstarken KontaktAufnahme mit den aphatischen bis apathischen Patienten hören kann und wo auch ein stadtbekannter adeliger LangzeitKomaPatient im EckvorhangBett blickverborgen liegt, also nach dieser Übergangszeit für einen einzelnen Betroffenen und dessen Angehörige wird der irreparabel hirngeschädigte Greis eines Tages während der besuchslosen Mittagspause (an einem 8. Mai vor 13h) ins angrenzende Badezimmer zum Sterben oder als schon Hinübergegangener zur Separation hineingeschoben, wo er dann bis zum Beginn der NachmittagsBesuchszeit ganz klein dagelegen sein soll (oft warten Todgeweihte ja wie absichtlich Besuchspausen für einen unbegleiteten Hinübergang ab), die Witwe ihrerseits habe das Angebot einer BeruhigungsSpritze seitens des Arztes zurückgewiesen, sie wolle auch nicht länger in diesem kalten Ambiente vor dem Verblichenen sitzen bleiben, vom Totenraum der Landesnervenklinik (Lehen) sei der Leichnam dann zum AbdruckNehmen auf den Friedhof (Maxglan) gebracht worden, während im hintersten Sargzimmer der Bestattungsfirma (Jung sen. und jun.) die Vollholzsärge für Kremationen bereits hätten ausgesucht werden können (man verwendet heute keine Spanplattensärge mehr, Pappelholzsärge seien übrigens die geringstgewichtigen), für 2 Tage darauf wird die TotenmaskenAbnahme anberaumt (die landläufige Ansicht, daß der Tote für diese Prozedur noch etwas körperwarm sein müsse, wie es auch der mittlerweile selbst seiner Krankheit erlegene GroßSchriftsteller gesprächsweise behauptet hat, sei ein weitverbreiteter Irrtum), Treffpunkt 15h im Leichenhaus der (Maxglaner) Aussegnungshalle, in der ein bronzener kreuzesholzloser Christus ebendieses Bildhauers (Josef Zenzmaier) bereits armeöffnend hängt, als MetallKorpus entweder vom Kreuz gelöst oder gar schon auferstanden entschwebend, für eine Woche später ist die Verabschiedung (am Kommunalfriedhof) anberaumt, und beim jetzige Schließen der Tore des KrematoriumsVorraums von beiden Seiten her (man weiß, daß der Verblichene dahinter dann nicht gleich verbrannt werden wird, sondern bis zu einem gemeinsamen Termin mit anderen warten muß) lassen sich für die Verbliebenen die vorgestellten Bilder von anderen Zugängen zu anderen Menschenverbrennungsöfen nicht verscheuchen, nach weiteren 2 Wochen wird zur Bestattung der zerstoßenen Weichteil- und Knochenasche (als bedächtiger Gang einer kleinen Trauergruppe in Begleitung einer Friedhofsperson samt Urne vom Krematorium zum Erdgrab) eingeladen werden (innere Aschenkapsel aus Plastikmaterial, ÜberUrne aus eloxiertem Metall, damit bei neuerlichem Aufgraben mit dem Krampen nicht gleich ins Eigentliche hineingehackt werde), Monate später wird dann die marokkanische Wurzelholzkiste eines heimischen Holzschnitzers und Importeurs (Karl Novacek) als Behältnis für die Totenmaske (auf eine weitere drängende weibliche Initiative hin) fertig sein, als gewichtiges und unhandliches Stück, das sich später kaum mehr öffnen läßt (und ohne Scharnier deckelgesteckt jedesmal klemmt), in der Folge fällt das Behältnis gar einmal zu Boden und ein

Eck platzt ab, die drinnen gepolstert gelagerte Maske bleibt unversehrt, zur nachträglichen Kassettenreparatur scheint die AufbewahungsEnergie allerdings nicht mehr auszureichen, auch will man so eine Gipsmaske nicht wie anderswo die beethovensche an der Wand ständig vor Augen haben

und so sei der Vorgang ermöglicht worden: durch Fürsprache einer befreundeten Künstlerin (Inge Dick) hat sich der Bildhauer, er wohnt und arbeitet sowieso in der Nähe eines Gipswerks (Fa. Moldan in Georgenberg/Kuchl), bereiterklärt, den Wunsch der Witwe nach einer Maske ihres Ehemanns zu erfüllen, der Künstler habe selbst vor kurzem seine Frau (auch sie Bildhauerin) verloren und könne das (wiewohl zwiespältige) Ansinnen verstehen, es purzeln in diesem Zusammenhang Begriffe wie Sarkom, Sarkophag, Sarkasmus in den GesprächsRaum, die beiden Söhne des Bildhauers (der Fotograf und DialysePatient Gregor sowie der weiland Konditor im World Trade Center Felix) würden bei der Verrichtung assistieren

die kalte Gesichtshaut des unbewegt daliegenden Toten wird zuallererst vorsichtig mit Vaseline eingepinselt, mit ZigarettenRollpapier werden die Augenschlitze und die Mundöffnung verschlossen, Ohren- und Nasenlöcher bleiben unterdessen watteverstopft, Tonwülste als Kranz zur Begrenzung des Gipsauftrags sind auf die BrettUnterlage positioniert, dünner roter Schlicker wird als erstes aufs Gesicht aufgetragen, damit dann beim Abschlagen der Hohlform fürs Freilegen des Positivs eine gut sichtbare Warnschicht vorhanden sein wird, der Bildhauer spricht während der Arbeit von einer Art letztem Ritual, bei dem der Tote ein neues Antlitz erhält, als finales Zeichen im lebenslangen Individuationsprozeß, jetzt, nämlich vor der eigentlichen Abnahme der Hohlform, wird der leibliche Sohn (der vorher mit dem toten Vater im Raum alleingelassen worden war und die ersten Vorbereitungen zur Maskenherstellung hat mitverfolgen können) aus dem Raum gebeten, der Vorgang des Abziehens sei einigermaßen gewaltsam (Hautpartien mit nachgewachsenen und eingegipsten Haaren seien bei der Abnahme besonders gefährdet), auch könne es zu unschönen Geräuschen kommen, im stillen Gastzimmer des nahen Gasthauses (zu den 3 Hasen) mit seinem (Adneter) MarmorplattenVorhausboden wird dann wie selbstverständlich die beruhigende Nachbesprechung absolviert, zum letztenmal habe der Sohn die Stimme des Vaters in verwirrter Rede vor Wochen (an seinem eigenen 48. Geburtstag) tönen hören, und es scheint ja für eine hinterbliebene Person allgemein schwierig, diesem Reflex, nämlich den plötzlichen Verlust durch schnelle Nähe zu jemand augenblicklich Anwesendem auszugleichen, nicht voreilig nachzugeben, wie man es indessen als Empfehlung aus den Stammeskulturen kenne, und zwar die Praxis, bei Mutter- und VaterSterben selbst sofort mit jemandem Bereitwilligen zu kohabitieren, um die Sache energetisch auszugleichen, weiters könnte man im Zusammenhang mit jedem Todesfall im persönlichen Umkreis prophylaktisch alle aktuellen Fotos der sonstigen Freunde und Bekannten für ein mögliches TotenAlbum zusammenstellen, gewissermaßen als Grundstock für ein vorauseilendes privates TotenmaskenMuseum auf Abruf, pfiatdi, servus, schreit da jemand aus dem Passantenstrom herüber, und net traurig sein, der Bestatter bezeichnet die Kombination von Kreuz und TodesRune auf der Parte als eigentlich nicht zulässig und spricht im Zusammenhang mit den PapierFormalitäten davon, daß man all das (nämlich Heimatrolle und Heimatschein) schon einmal als verbindlich anzulegen gehabt habe, das GipsPositiv (dessen Preis in die allgemeine Bestattungsrechnung mit aufgenommen werde) sei dann in einigen Tagen im Büro abzuholen (elf) Jahre später würde diese so aufwendig angefertigte und an manchen Gedenktagen kurz hervorgeholte Totenmaske des Mannes der jetzt verstorbenen Ehefrau vor deren Erdbestattung wie selbstverständlich und ganz ohne Bedauern der weiteren Hinterbliebenen in den jetzt von ihr bezogenen Sarg gelegt werden (bevor dieser verschlossen und wunschgemäß rundum mit frischen LatschenÄsten ausstaffiert sein würde), das heißt die von der Frau damals erwünschte Maske des Mannes wird gemeinsam mit ihrem frischen Leichnam begraben werden und sie ist wohl längst wie alles andere unten im Erdreich des GrabBeets vor dem FamilienGedenkstein zerfallen

maskentanz 2009

maske
kohle / pastell
wvz 122 / 2009
43 x 28 cm

maske
kohle / pastell
wvz 154 / 2009
43 x 30,5 cm

maske
kohle / pastell
wvz 149 / 2009
43 x 30,5 cm

maske
kohle / pastell
wvz 120 / 2009
43 x 30,5 cm

maske
kohle
wvz 148 / 2009
43 x 30,5 cm

maske
kohle / pastell
wvz 150 / 2009
43 x 30,5 cm

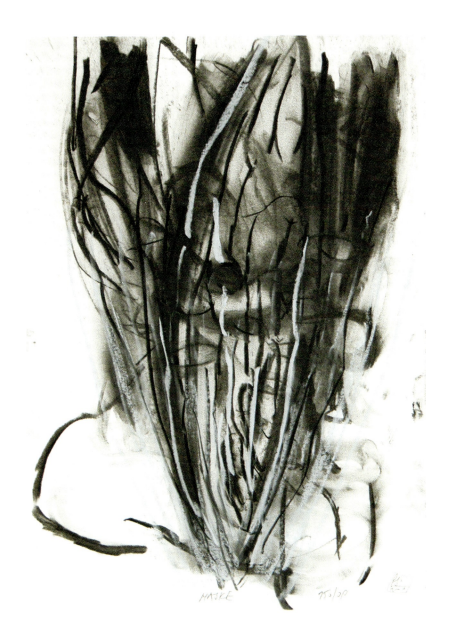

maske
kohle / pastell
wvz 124 / 2009
43 x 30,5 cm

maske
kohle
wvz 140 / 2009
61 x 43 cm

maske
kohle / pastell
wvz 123 / 2009
43 x 28,5 cm

maske
kohle / pastell
wvz 141 / 2009
43 x 30,5 cm

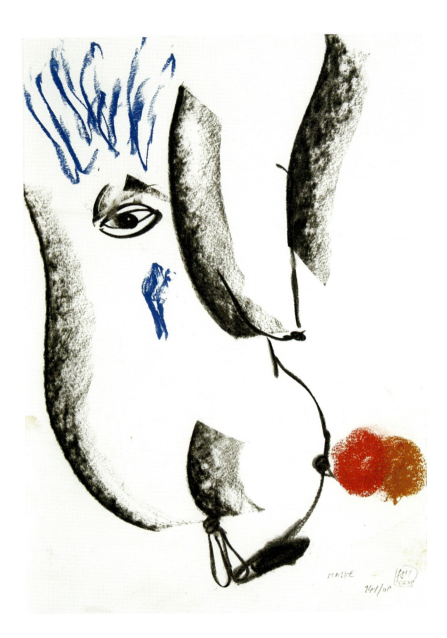

maske
kohle / pastell
wvz 142 / 2009
43 x 30,5 cm

maske
kohle / pastell
wvz 153 / 2009
43 x 30,5 cm

MASICE 152/0P

maske
kohle / pastell
wvz 115 / 2009
43 x 30,5 cm

maske
kohle / pastell
wvz 119 / 2009
43 x 30,5 cm

maske
kohle / pastell
wvz 121 / 2009
43 x 30,5 cm

maske
kohle / pastell
wvz 146 / 2009
43 x 30,5 cm

ausgewählte blätter aus den jahren 1986 bis 2007

masken 1986
pinselzeichnungen
61 x 43 cm

wvz 45 | 47
     ----
     48 | 49

masken 1994
pinselzeichnung
70 x 50 cm

wvz 68 | 69 / 70

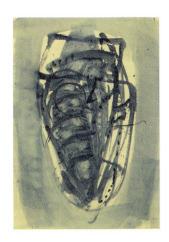
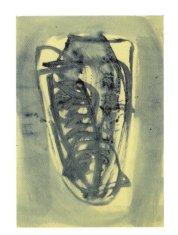

masken 1994
pinselzeichnung
70 x 50 cm

wvz 130 | 131
    141 | 142

masken 1994
kohle
62 x 44 cm

wvz 170 | 171
172 | 173

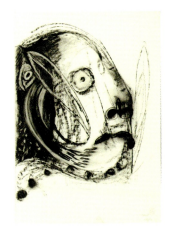

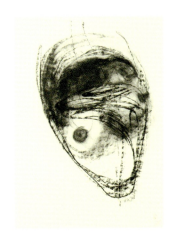

masken 1996
kohle / pastell
60 x 43 cm

wvz 154	155
157	158

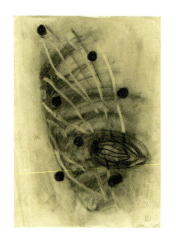 

masken 2000
kohle / pinselzeichnung
50 x 35 cm

wvz 33 | 55
    76 | 80

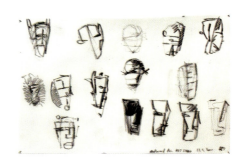

masken 2000
entwürfe für maskenbuch galerie artmark Spital am Pyhrn
kohle / tusche auf transparentpapier diverse formate

MASKEN – objekte, malerei, zeichnungen

einzelausstellungen

1981	Kleine Galerie am Residenzplatz Passau D
1983	Galerie V&V Wien A
1987	Galerie Scharfrichterhaus Passau D
1998	Museum Moderner Kunst – Stiftung Wörlen Passau D	katalog
	project galerie Deggendorf D
1999	Rytmogram Bad Ischl A
	Galerie Spiserhus Rheinfelden CH	katalog
	Galerie Didier Vesse Aigues Mortes F
2000	Kunstverein Schwabach D
	Bilfinger+Berger AG Foyer Mannheim D
	Ausstellungsraum Horst Stauber Passau D
	art mark Spital am Pyhrn A	künstlerbuch
2001	Bilfinger+Berger AG Foyer Wiesbaden D
2003	Galerie Spiserhus Rheinfelden CH
2005	Zum Goldenen Löwen Kallmünz D
2007	Ken Segal Gallery Winnipeg CAN
	Kulturhaus GUGG Braunau A	broschur
2010	Kubinhaus Zwickledt A	katalog

ausstellungsbeteiligungen

1982 - 85   Bayerischer Kunstgewerbeverein München D
2000   Art é Nîm vertreten durch Atelier Spiserhus Rheinfelden CH
2002   "face to face" Atelier Spiserhus Rheinfelden CH

MALEREI – ZEICHNUNGEN – OBJEKTE – BÜCHER

auswahl einzelausstellungen

1970 Wien SPÖ Bezirkszentrale Wien 2
1978 Kleine Galerie am Residenzplatz Passau D | *Spielobjekte*
1983 Galerie Weidan Schärding A
1986 Galerie Weidan Schärding A
1987 Zeughaus Passau D | *10 Jahre Arbeiten auf Papier* | broschur
Galerie Profil Cham D
1992 Galerie am Steinweg Passau D | *Sequenzen*
Galerie Tiller Wien A | *Sequenzen*
Bilfinger+Berger AG Mannheim D | *Mannheimer Sequenzen*
1993 Oberhausmuseum Passau D | *Rote Bilder* | katalog
Galerie Kollegiumskaffee Deggendorf D | *Sequenzen*
1994 Galerie Preiner Graz A | *Sequenzen*
Galerie am Stein Schärding A | *Sequenzen*
1995 Stadtmuseum Deggendorf D | *Sequenzen* | katalog
1996 Galerie am Steinweg Passau D | *Sequenzen*
Europäische Wochen Studienkirche Passau
Malaktion | *Es werde ...*
Max Reger Halle Weiden D | *Grüne Bilder* | broschur
Galerie Preiner Graz A | *Sequenzen*
1997 Galerie Tiller Wien A | *Unbekannte Landschaft*
1999 Kleine Galerie Regensburg D | *Unbekannte Landschaft*
Galerie Johannes v. Geymüller Essen D | *Unbekannte Landschaft* | katalog
Galerie Stadtturm Schwanenstadt A | *3+36* | broschur
Galerie Thurnhof Horn A | *Entoptische Bilder* | broschur CD
2000 Kunstverein Weiden D | *Entoptische Bilder*
2001 Ausstellungsraum Horst Stauber Passau D
2002 Kunstverein Passau D | *Unbekannte Landschaft - der schöne blick täuscht* | katalog
2003 Ausstellungsraum Horst Stauber Passau D | *Aquarelle* | CD
Galerie Johannes v. Geymüller Essen D
Stadtturmgalerie Vilshofen D | *Unbekannte Landschaft* | CD
Ausstellungsraum Horst Stauber D

2004 Galerie Wolfstein D | *Bayerischer Wald - ein Versuch* | CD
2006 Kleine Galerie Regensburg D | *Kabinett der Wahrnehmung* | CD
Schloss Zell a. d. Pram A | *Bilder zu zeitgenössischer Musik* | CD
Ausstellungsraum Horst Stauber Passau D | *Hommage an Alberto Giacometti* | broschur | CD
2007 Ken Segal Gallery Winnipeg CAN | *landscapes*
2008 Galerie Schloss Puchheim A | *Bilder zur Dämmerung* | CD
Meierei Schloß Schwertberg A | *große Formate* | CD
2009 Kleine Galerie Regensburg D | *Metamorphose*
Ausstellungsraum Horst Stauber Passau D | *Tatort Rom* | broschur
2010 Kubin-Haus Zwickledt | *Masken* | buch
Galerie Johannes v. Geymüller D | Work in progress/cut | leporello

auswahl beteiligungen

1981 Scharfrichterhaus Passau D | *Dunkle Bilder*
1984 Bay. Kunstgewerbeverein München D | *Windobjekte*
1989 Oberhausmuseum Passau D | *Sammlung Neue Kunst*
1991 Art Frankfurt mit Lyrikkabinett München D | *Künstlerbücher*
5 Jahre Galerie Profil Cham D
1994 Buch-Kunst Burg Greifenstein D | *Künstlerbücher*
1996 Galerie Thurnhof Horn A Buchbiennale | *Künstlerbücher*
Diözesanmuseum Passau D | *Spiritualität heute* | broschur
Museum Neuer Kunst St.Pölten A | *Künstlerbücher*
1998 Galerie Thurnhof Horn A | *Buchbiennale*
1999 Galerie Druck + Buch Tübingen D | *Künstlerkochbuch*
2000 Galerie Thurnhof Horn A | *Buchbiennale*
2002 Kleine Galerie Regensburg D | *20 Jahre Galerie*
2004 Kleine Galerie Regensburg D | *das Kreuz*
2006 Schloß Grafenegg A | *Kurzweil*
2008 Kunstverein Horn A | *Exlibris*
Scharfrichterhaus Passau D | *Hommage an einen Barockkünstler*
2009 Schauraum K3 Kottingstelzham D | *MuseumShop*
Konkret-Abstrakt
Kongreßgalerie Bad Ischl A | *Native Nature*
MMK Passau D | Sammlung Riedl *Eines zum Anderen*

FRANZ STANISLAUS MRKVICKA

geb. 1950 in Wien, lebt in Passau

œuvre masken

zeichnungen – malerei – objekte

œuvre malerei – zeichnungen – objekte – bücher

dunkle bilder
rote bilder
sequenzen
guckkästen
grüne bilder
unbekannte landschaften
entoptische bilder
bilder zu zeitgenössischer musik
dämmerungsbilder
tatort Rom
künstlerbücher
work in progress/cut

konzept und gestaltung:
Franz Stanislaus Mrkvicka
Eva Mrkvicka

fotos:
Eva Mrkvicka

druck:
Tiskarna Akcent, Vimperk

verlag:
Karl Stutz, Passau

© herausgeber und autoren
auflage 800 exemplare

ISBN 978-3-88849-970-8

gesponsert von